백핸드 발리

백핸드
발리

시인수첩 시인선 003

김병호 시집

문학수첩

새 학기가 되면 어머니는 때 지난 달력으로 책가위를 해 주셨다. 하얗고 빳빳한 책가위 위에 도덕, 국어, 산수를 적으시고 마지막에 김병호라는 이름을 정성 들여 반듯하게 써 주셨다.

시를 쓰는 일이, 어머니의 그런 마음을 다만 흉내내어 보는 일이 아닐까 하는 생각이 불현듯이 스쳐 갔다.

2017년 초여름
김병호

2부

3부

4부

5부

1부

첫눈

밤새 짐승이 울었다
해 질 녘에 다녀간 사슴이라 생각했다
새벽은 검고 울음은 뜨거웠다
당신은 그때부터 있다
눈밭 한가운데서 길을 잃고 서 있는 당신을 보았다
첫눈을 온몸에 새겨 눈물을 가리는, 당신
빈 가지에 별자리를 묶고 싶은, 나
아흐레쯤 굶은 짐승의 배 속 같았다
그 안에서 입술들이 날아든다
울음을 떼어 낸 입술들
내 것도 아니고 당신 것도 아닌
심장이 다 부르트겠다

눈 녹는 밤에

눈 녹는 소리에
한밤이 잠깁니다

낮에 혼자서 만든
눈사람의 얼굴은
뭉개져 있습니다

눈이 다 녹고 나면
다시 이름 없는 별로
떠내려갈 것 같습니다

묵은 솜이불을 덮고
창밖 낮은 구름을 보면

짐승처럼 당신을 껴안고
사는 날들이 점점
꿈과 같아집니다

제 울음인지도 모르는 이 이별은
나의 일이 아닌 듯싶기도 합니다

당신 바깥에 두고 온 저문 강물 소리
언젠가 내가 접어 두었던 울음소리
사이로 타이르듯, 토닥토닥
눈이 녹고 있습니다

구름과 휘파람의 정오 그리고 당신

눈보라가 몰아치는 정오입니다 당신의
문장에 밑줄을 그으면 먹빛 구름 속에서
달그락거리는 소리가 들립니다 낮은 구름과
낡은 담장 사이 무엇을 꺼내는지,
꽁꽁 여미고 있어도 슬픔이
새어 들어옵니다 아무한테도 말해서는
안 된다고 속삭이던 당신의 눈매를
기억합니다 사무쳐야 꽃이 된다고
말했습니다 휘파람은 금세 돌멩이보다
단단해집니다 꽃들이 시드는 정오입니다
가시 많은 나무로 만든 악기처럼 검고
젖은 소리로 구름이 열립니다 이곳에는
옷을 뒤집어 입고 자면, 보고 싶은
사람을 꿈속에서 볼 수 있다는 풍속이 있습니다
속옷을 빈 가지에 걸쳐 놓습니다 한낮의
어둠 속에서도 그림자는 귓속말보다
흐립니다 구름 속에서 사과가
굴러떨어집니다 손발 없는

비명입니다 바짝 오그리고 잠든
눈빛입니다 밑줄이 움푹
파였습니다 실 풀린 목도리처럼 망설임이
한참입니다 다 살지도 않았는데 여러
새벽들이 한데 모입니다 사월 첫 번째
금요일에 내리는 폭설처럼 꽃들이 집니다

슬래브 지붕 위의 구름

저곳엔 물고기 서너 마리쯤 살고 있겠다
그것들의 울음소리를 듣느라 밤새 몸이 시리겠다

낭떠러지라도 생긴 양, 어떤 연애가
화석처럼 선연히 오려진다

사랑이 이마에 와 닿는 사이
고백도 없이 구름 두 점이 지나간다

그중 하나는 이명(耳鳴)을 닮고
그중 하나는 염문(艶聞)을 따라간다

눈도 귀도 없이
투명한 심장들이 뛰어내린다

지붕은 오래전 세 든 사람처럼
새벽을 내어 준다

잎도 꽃도 없이 달이나 키우는 나무
나는, 서둘러 늙고 어진 나무가 되어야겠다

가장 먼저 닿은 빗방울이
지붕에 스미는 속도를 기억하고

함박눈에 가장 먼저 가닿은
창백한 마음을 잊지 않아야겠다

사랑의 틈새와
생의 간격과
고독의 편차

창을 열면 오래 흩날린 깃발처럼
구름이 지붕에서 반짝인다

커브(Curve)

소식이라도 한번 주지 그랬나요

하늘에도 커브(curve)가 있어 별자리나 구름이 급히 기우는 자리가 있습니다

당신이 봄을 앓고 망명을 오래 생각하는 동안 오후는 다만, 다정한 거짓말에 몰두하는 자세입니다

섭섭하지 않은 궁리와 아무렇지도 않은 수작으로 마음 속에 마음을 잠급니다

이제, 당신 없이도 고독을 매수하는 방법을 알고 있습니다

짧은 치마의 백핸드 발리처럼 훌쩍, 넘어오는 명랑한 이별을 기억하고 있습니다

덜거덕거리는 울음을 들여다보면 그제야 꽃이 지는 기

적이 있습니다

　구름과 허공 사이에 놓인 당신을 넘어 질주하는 허기는
까맣고 딱딱하게 오후를 태웁니다

　당신은 우주에 떠 있는 커브 안으로 사라집니다

숨을 곳도 없이

들판이 비어 있습니다

사과나무만 한 얼룩은
무얼 감추다 생겼는지
한참을 들여다봅니다

웅달의 눈 자리처럼
둘레만 가진 슬픔

얼었다, 녹았다, 다시
고이는 당신처럼
거짓말은 지우겠습니다

가지와 숨결 사이
발자국과 한적(閑寂) 사이에
주렁주렁 황홀을 매달겠습니다

숨을 곳도 없는 당신이

그제야 돌아온다면
당신의 이름을 지우겠습니다

당신의 이름을 지우지 못한 들판에는
슬픔도 없습니다

다시는 이곳으로 살러 오지 않겠습니다

너무 어리거나 너무 늙은

누가 건너는지 밤에만 눈이
내린다

당신의 사랑이 내 그림자보다
쓸쓸하다

누군가 코끼리처럼
울고 있겠다

맹인처럼 눈을 맞아도 사랑이 점자처럼
읽히진 않겠다

흐를 곳 없이 고였다가, 넘쳐 나는 저
눈보라처럼

기다림은 지평선에
기울어져 있다

세상 이전의 바람이 되어 버린 당신의
휘파람

더는 기다릴 게 없는 사람의
뒷모습

눈송이 하나가 눈꺼풀에
앉는다

우주에 딱 하나 남은,
숨통이다

꽃인지 눈인지

당신은 일천 그루의 봄에 둘러싸여 있습니다
당신의 어깨에 잠든 꽃들이 피어납니다

자정에 몸을 부린 꽃들 사이로
당신이 버린 이름이 스밉니다
하얀 발뒤꿈치를 매단 나무들이 사방을 잠급니다

당신의 입과 당신의 손끝 사이에 붉은 이가 돋습니다
비밀을 감추지 못한 누군가의 입김처럼
오래 숨은 당신만은 알 수 있습니다

이 별의 풍속은 잠시 잊기로 합니다
눈감고 고개 숙여 아픈 데를 기다립니다

자정은 누구의 편인지
꽃이라도 진다면 배웅이 잠깐 쉽겠습니다

뒤돌아보면, 꽃인지 눈인지

기다림을 거두어 갑니다

제가 맨발로 서 있는데도 말입니다

참 다른 일

보송보송 잎눈 매단 목련 아래에서
한나절 서성거려 본 당신이라면 알 수 있을까

가지마다 낱낱의 불꽃을 매달고 서 있는
유순한 아픔과
적막하게 벗은 잔등에 혀를 대는
봄바람의 뜨거움을

찢겨진 마지막 페이지처럼 멈춘 오후 네 시
명치에 닿거나 바닥에 끌리는 슬픔 대신
뒤돌아서서 그저, 지나가기만을 눈감고 기다리다
그만, 울음을 놓쳐 본 당신이라면 알 수 있을까

먼 산 뒤로만 떨어지던 별똥별처럼 아찔한
사랑의 방식과
들판 한복판에 멈춰 버린 두 량짜리 기차처럼 막다른
이별의 자세를

그늘 아래에 의자 하나 가져다 놓고서
낮달이 질 때까지 꽃이 놓일 자리의 기색과
빈 가지에 걸린 구름의 양을 재어 본
당신이라면 알 수 있을까

그새 슬픔도 나의 슬픔이 아니고
아직 찬란도 나의 찬란이 아닌
그저 지워진 첫 줄 같은 눈동자를

이른 봄날 오후 한꺼번에 밀려왔던 모든 것을

플랫폼

폐장한 해수욕장의
자갈 같은 겨울밤이었다
오리온자리에서 시작한 눈발이
플랫폼에 도착할 즈음
여자의 울음도 막
반짝이기 시작했다

입과 귀와 눈을 기워
제 말을 수놓는 여자 앞에서
남자는 하늘만 바라보았다

먼 곳으로 살러 가는지
남자의 발밑은 젖어 있었고
여자의 수다스러운 손끝에서
겨울도 잠시 느슨해졌다

바깥 너머의 바깥

북쪽으로 가는 기차를 기다리는 남자와
반백의 여자 농아가 나누는 이별 앞에서
나는 고개를 숙여 발자국을 지웠다

눈이 그쳤던가
눈이 녹았던가

기차는 오지 않고
자정은 멀어지고
세상의 이별도, 그만
시시해지고 말았다

당신의 11월

첫눈 너머 다녀왔습니다

당신의 이름을 배워 왔습니다

그저 병인 줄만 알았는데 밤새 머리가 하얗게 세어 버
렸습니다

남쪽물고기자리를 건너는 동안 구름은 딱딱하게 얼었습
니다

들판처럼 침묵해야 하나요

가벼운 입김으로 지워진 고백은 목 늘어난 양말 같습
니다

구름의 문수는 새벽 두 시보다 크고 눈발은 곧 유성처
럼 쏟아질 테지만

11월의 안쪽에서 나는 당신으로 자욱합니다

겨울이 당도하기도 전에 나는 눈사람이 되어 있습니다

2부

아무의 모과

내가 다 늙어 가는 사이
그믐 말고 초사흘쯤 지나는 달빛으로
한자리에 고이는 일도 없이

처마 끝 빈 새장처럼 움푹 패인 울음
음정과 박자를 잃은 거짓말
첫서리 같은 이름을 더듬는 마음의 바닥

잠시 슬펐다가 외롭다가 다시, 고요해지는 사이
뿔 달린 짐승의 눈망울처럼 새벽이 지고
애먼 이 하나 없는 먼 길이 앞에 놓이고

어느새 빈 뜰에 내리는 빗줄기를 쳐다보는 일처럼
새까맣게 닳아 버린 당신의
창가에서, 혼잣말처럼 썩어 가는 모과

아무의 식당

식당에 앉아 밥을 먹는다
움츠린 어깨가 처마를 받친다

녹슨 나이프로 자르는 바게트처럼
속수무책의 문장들

발끝은 차갑고 이마는 뜨거워지는
낯선 연대

이곳은 이국의 국경
포크에 말아 올린 한낮처럼
딱딱한 외투 탓에 외롭지 않다

눈길에 난 검은 발자국 건너
웅크리고 앉은 사내는
밤새 배운 예법인 듯 가지런하고

먼 성당의 종소리

지난밤을 보낸 여관의 라디에이터 수증기 소리같이
가쁘기만 한데,

하루에 두 번 오는 기차는
아직 연착 중이다

당신도
나도
어느 나라의 백성이 아닌 듯
싶다

아무의 노래

기차가
지나간다

이곳은 바다에서 먼
나흘쯤의 밤낮
당신의 위로가 세상의
나머지가 되던 시절도 있었다

느리고 텅 빈 시간을
모퉁이도 없이
기차가 지난다
기적은 어떤 밤이 된다

나는
아직,
이 나라의 말을
배우지 못하였다

지평선만큼 긴
자정을 지난다
기차가 지나면
눈이 내릴 것이다

마음을 깃발처럼
펄럭일 수 있다면
기적은 노래가
될 수 없을 것이다

아무의 잠깐

나무로, 새로, 왕으로 태어날 수 있다면
바람이나 강물로도 살아갈 수 있을까

성에 낀 창문과 말갛게 씻긴 지붕과 우듬지의 빈 새집
과 서쪽 지평선 위의 성좌가
반짝인다, 아주 잠깐

너는 내 옆에서 몸을 구부린 채 잠들어 있다
네게 이 별의 이름을 주지 않았을 때
네가 나의 운명에 속하지 않았을 때
너는 무엇이었을까

궁리를 하는 사이,
새벽이 다시 어두워진다

네가 뒤척일 때마다 바람과 얼음과 울음은
나의 몫이었으면
소금돌을 핥는 꿈에 시달리다 맞은 새벽도

44

다만 내 것이었으면

창밖으론 서리가 붐비고
긴 유랑에서 돌아와 앓는
몸 밖으로 잠깐씩 달이 자란다

아직 내게로 오지 못한 것들이 남았을까

순한 짐승의 뼈로 만든 피리
같은 울음이 밤을 흔든다
눈만 흰 새의 울음이다

아무의 시간

아이가 꽃잎을 뜯어 허공에 날린다

공갈 젖꼭지 같은 꽃들, 지나 버린 生日들

떨어져 누운 꽃잎 위로 발자국을 옮기며, 아이는 눈이
먼다

이리로 건너와 늙어 버린, 오목한 기도들

괜찮다, 괜찮다, 흩어지는 구름들

무릎에 얼굴을 묻고, 슬픔을 다독이는 아이의 등이 무
르다

슬픔을 오므려도

기다릴 게 없는 아이다

내 마음이 아니다

아무의 폭설

당신이 지나는지 하늘 가득 깃털이 날립니다

꺼내고 비워도 금세 울음이 고입니다

당신은 울음을 벗은 알몸을 본 적이 있나요

당신이 두고 온 슬픔처럼 오돌토돌할까요, 미끈매끈할
까요

아니다, 아니다, 아니다, 혼잣말 같을까요

사금파리 갈아 먹인 연줄 사이를 새가 납니다

이 별과 저 별을 긋는 돌팔매처럼 아픕니다

등을 켜지 않아도 물소리가 짙습니다

불난 집에서 나오지 못하는 장님처럼

눈들은 어디로 가닿겠다는 건지

당신만이 알 것 같습니다

아무의 동백

장님 둘이 길을 걷는다

꽃길을,
알고 있을까
봄을,
기억하고 있을까

마지막 봄인 양
두 손을 꼬옥 잡고 있다

꽃 떨어진 바닥은
어느 짐승이 남겨 놓은
이빨 자국 같은데

용케도, 더듬더듬
피해 걷는데

동백 한 송이

여자 머리 위로
쿵, 떨어진다

성긴 그늘 어느 갈피에서 나온 천둥
콩닥대는 심장 소리를
남자가 얼른 안는다

아이처럼 맑게
눈이 떠지던 그 새벽
잠든 식구의 얼굴을 한참
내려다보던 일처럼
봄을 지난다

돌아보니, 장님 부부는 보이지 않고
꽃나무에서 달콤한 탄내가 난다

아무의 집

그 집은 언덕바지에 있습니다

지붕이 낮은 잠은 앞뒤 없는 발자국입니다

누군가 거울을 찢었습니다

굶주린 자의 연주거나 눈먼 자의 노래입니다

창문은 한낮에도 얼어 있습니다

그냥 앓을 수밖에 없는 마른 연못입니다

구름 밖에 심장을 내거는 동백입니다

문 없는 곁방입니다

한 평 반의 그늘을 나눠 쓰는 수북한 발자국들

마음이 없어 자꾸 어두웠습니다

이젠 찾을 수도 없습니다

재와 안개가 당신의 집입니다

아무의 나무

바람이 분다
파도가 돋는다

바깥을 여의고
말라 가는 꽃나무

발자국 없이
주름 한 줄만 늘었다

서경 73도
우주의 틈새를 비집고

꽃나무는 계절을 버리고
파본(破本)을 갖는다

오전의 궤적과 오후의 속도만
남은 시간

서쪽의 물결을 빌려
모서리를 그려 넣는다

내가 가둔 강물 소리를
고스란히
네게 돌려줘도 되겠다

아무의 노래방

한낮에 노래방을 찾은 사내

사내가 가꾼 나무뿌리처럼
단단하고 검은 목덜미

어두운 곳에 와서 먼 생각을 한다

절벽에 뿌리를 내린 나무처럼
울음을 가두고 밤을 모으고 안부를 가둔다

방랑의 노래에는 박자가 없지

세상 가장 작은 통점 닳아 버린
어금니에 심장이 고여 있다

감히 영혼이 삶이 지쳤을 때
천장의 미러볼처럼 비명은
허공에 매달려 있곤 하지

그냥 앓을 수밖에 없는 굶주린 자의 연주
눈먼 자의 손뼉
가사는 잊어버리고 음만 남은 노래
사막을 건너는 건기의 구름들

탬버린이 어디에 있더라
내가 어디에 있더라

3부

지금쯤

엎질러졌으나 스밀 데 없는 물처럼 새벽 세 시에 깨어나 서성인다 문간에 내놓은 빈 그릇은 거둬 갔을까 빈 화분에 묻은 발자국은 어디쯤 지날까 뜻 없이 반쯤 눈을 감고 당신을 읽는다 담벼락 아래로 목련이 지난다

여름의 끝

셔틀콕이 걸려 있다
아무도 주우러 오지 않는다
바람도 잃고 약속도 잃고
매일 아침 새처럼 울어야겠다

노을이 지면 숨이 거칠어지고
구름의 낱장이나 뒤적이며
울음 오므리듯 잠이 들어야겠다

무리를 이루지 못한
한낮의 백열등이나
막다른 골목이나
줄 끊어진 라켓이나

여름은 내게
어떤 그림자를 주었을까

여름 내내 가지에 걸려 있는 저것이

더디더라도 내 심장이면 좋겠다

오래 울다 어디론가 가 버릴 것 같은 저것이
마지막 내 발자국이면 좋겠다

소문

그날은 맨발로 왔다

당신 없이 먼 길이 따라와 저녁이 되고

그믐 말고 초사흘쯤 되는 달빛으로

한 자리에 고이는 일 없이 흐르는 울음으로

세상의 나머지가 되었다

어제 다 늙어 버린 표정으로 서 있는 벚나무는

시퍼런 발자국만 매단 채

천지 사방으로 달아나기 시작했다

덜컥, 봄이 끝났다

지상에서 익힌 이름들을 지우며

밤새 무릎이 닳았다

입술 닿듯 꽃 피듯

하루 내내
한 가지에 앉아 있는 새를
보았습니다

돛을 지운 배보다
봄은 참 많은 숨구멍을
지닙니다

몇천 개의 유성들이
첩첩의 당신에게
부딪칩니다

가지마다 얹어 놓은
녹슨 태엽들로 밤이
소란합니다

강물이 닳아
하늘에 닿을 즈음

당신에게 닿겠습니다

어둠 속에서
꽃망울을 찾듯 입술이
먼저 닿겠습니다

가쁜 숨이 벌써
반짝이며 천지사방으로
흩날립니다

장미 없는 꽃집

그늘을 오려 울음을 만들고
꽃들은
어디로 가려는 걸까

이른 저녁 큰길가
전화 부스에 주저앉은
여자

늘어난 태엽처럼
둘레가 없는
슬픔

해 질 녘 나무의 긴 그림자들이
해 질 녘에 가장 어울리는 발자국 소리로
말갛게 사라질 때

고향을 멀리 지나는
기차처럼

여자의 몸 밖으로 달이 자란다

문이 없는 집에
갇혀
울음이 말라 간다

모과

겨울이 묻어 둔 과녁, 주먹만 한 모과 한 알의 자리

오래 마른 울음에 윤이 난다

꽃도 보지 못했고 이파리도 보지 못했다

맹세도 없이 강령도 없이 달려온 깃발

멀리 오가던 진눈깨비가 수백의 맨발을 찍는다

저녁 안에 혓바늘이 돋는다

맥없이 떨어진 돌팔매질, 시퍼런 심장들

누가 저이를 데려다주었을까

백야

손잡이 뜯긴 장롱은 하루 만에 치워졌는데
거울은 며칠째 제자리다

빈집처럼 작은 발자국들은 얼어 있고
표정은 닳아 없어진 겨울 골목

착하게 살다 가장자리로 나선 거울은
어떤 궁리를 하고 있을까

외롭고 치명적인 몇 장의 구름과
두 겹의 생처럼 핀 십이월

함박눈 몇 장이 얼굴을 들이민다
도무지 닿지 않는다

저기요

겨울과 새벽 사이를
쉼 없이, 눈이 내린다

얼마나 내렸을까
마당으로 나서니

밤새 혼자 지킨 집에
낯선 발자국 하나

나간 걸음인지
들어온 걸음인지

하얀 이빨 자국 같다

두려운 생각도 없이
안타까운 마음도 없이

자국 안에

가만, 발을 넣는다

먼 구름까지 번지는
잠 깨지 않은 숨소리

흰 입술들 내려와
깨문 발자국

주인은 어디 가고
밑동만 남았는지

심장 소리만 덜컹거린다

자전거 보관대

외진 행성의 플랫폼에
서 있지요
중력을 풀지 못한 채 눈을 맞는
알리바이를 만들지요

우주에 스미지 못한 기척이
다녀가나요
빈 페달에 내려앉은
십일월인가요

하늘은 창도 없이 문도 없이
불을 켜지요
첫눈은 구름장 아래 고여
잠이 들지요

체인 없는 자전거 한 대가 벽을
기대고 있지요
우연은 사랑이 아니지요

그런데 기적도 없이 밤새 달려온 당신은
누군지요

파도의 사업

파도를 타 보았니

고향이 많은 이방인처럼
첫 행의 마침표처럼

무연한 파도 위에 서 봤니

지진을 밟은 듯 발바닥은 뜨거워지고
교향곡처럼 파도가 온몸을 덮칠 때

너는, 고독 없는 무정부주의자
나는, 슬픔 없는 순교자

낭떠러지 끝에서 거슬러 오는 파도에
올라서 본 적이 있니

녹슨 맹세로 파도를 찍어 내듯
허공에 부딪쳐 부서지는 꽃잎들

바람과 지진과 중력을 지우고
파도를 읽고 거품 위에 서는 일은

사랑을 잃고 그늘을 걷는
어제의 사업

파도 안으로 들어가 집을 짓고
심장을 묻는 일

바다가 캄캄해지고
파도 속에서 달이 돋을 때

바다보다 캄캄한 흰수염고래 한 마리
파도를 삼키며 내 옆을 지나겠지

그림자 없는 시퍼런
파도 하나 만들어 주겠지

애플피킹 (Apple picking)

우주를 관통하여 막 도착한 낙과
망국의 테러리스트처럼 울음이 붉다

낙하의 순간
은하는 녹슨 경첩처럼
덜컹, 마른 빛이라도 냈을까

우주의 낱장이면서
당신의 풍속을 흉내 낸
눈,이면서 얼룩인
붉은 구멍

헐거워진 가지 끝의 물결을 빌려
재가 되지 못한 당신을 그린다

시월의 모퉁이나 초승달에 그어진
바람과 윤곽의 사이

기침 같은 변명을 파고
과녁 같은 권태를 파고
당신을 묻는다

검붉게 썩어 향이 짙어지고
나도 지워지겠다

그늘의 일

불티에 데인 자국 같기도 하고 녹슨 못을 빼낸 자리 같기도 한데 윈도우 브러시로 몇 번을 밀어내도 지워지지 않는다

부려 놓은 몸은 어디를 지나는지 단내가 가시지 않고 제 몸을 난간처럼 세우고 허공과 내통했을 그것들의 체위를 떠올린다

열매도 없이 잎만 가득한 나무 안에서 새들은 무얼 삼켰을까 부러진 가지 하나가 바람없이 흔들린다

말랑한 울음은 세상 밖으로 토해져서야 겨우 용암같이 굳을 수 있는지, 피할 길이 없는 막다른 그늘의 진창이 새의 심장이었는지

오래 울고 방금 닦아 낸 눈처럼 붉은, 새였겠다 이목구비 없이 눈물만 가득한 새가 맞겠다

종일 그늘에는 단단한 빗소리만 들리고 새들은 밤새 달아나 불이 되어 죽었을지도 모르겠다

4부

잘 모르는 사람

한참 늙어 가야 할 얼굴로 앉아 있습니다

대합실은 우주의 바깥보다 고단합니다

아직 거슬러 받지 못한 셈이라도 있는 듯

닳아 없어진 표정의 사내는

첫차로 문상을 가야 합니다

부르지 못한 이름은

함부로 밟은 금처럼 차갑습니다

더는 기다릴 게 없는 사람처럼

슬픔을 믿지 않기로 합니다

어제는 경이롭고 내일은 뼈아픕니다

오지 않는 술래처럼

벗나무에 트럭이 기대어 있습니다 벗나무가 트럭을 업고 가겠다는 건지, 트럭이 벗나무를 매고 가겠다는 건지 알 수 없지만 어디론가 떠나려는 행색은 감출 수가 없습니다 사내와 아이의 눈빛이 맞닿아 있습니다 벼랑이 솟고 파랑이 일렁이던 순간 꽃들은 저녁을 비추고, 무릎은 앙상해져 길을 닫습니다 사내와 아이의 얼굴 위로 온통 흰 꽃잎들이 돋습니다

봄이 한참인데 누가 이끌었는지 누가 내밀었는지 아이는 울음도 없이 노을처럼 스밉니다 엄마를 묻고 오는 길이라고도 하고 엄마를 따라가는 길이라고도 합니다 가장 말랑한 울음을 깃발처럼 오래 흔들고 싶었나 봅니다 처음부터 오지 않았던 사람처럼 저들이 부리고 간 저 평화를 이제는 누가 부려야 하는지, 나는 알지 못합니다

손으로 얼굴을 어루만져 봅니다
당신이 여기 있는 줄 몰랐습니다

봄의 미로

누가 끌고 가다 놓쳤을까, 저 그림자
중국 할머니의 전족처럼 삐걱거리는 꽃나무

누가 슬그머니 놓았을까, 저 발걸음
비에 젖은 상복 같은 꽃망울

딸애의 가슴이 봉긋이 올라오고
모래 언덕 망루처럼 봄이 따끔거린다

뼈마디가 자라는지, 자면서도 울음을 그치지 못하는
딸애의 침대 끝에 걸터앉아 창 너머 봄눈을 본다

다시는 살지 못할 듯이
다시는 대신하지 못할 듯이

바다를 건너와, 사막을 건너와
종소리처럼 쌓이는 이름들

오래오래 쓰다듬으면
서로의 봄이 달라도 삶은 다정해질 수 있을까

숭숭하고 팽팽한 울음처럼, 눈처럼
봄은 어디까지 갈 수 있을까

어제부터 첫눈

기척도 없이 눈이 온다

문상 나서는 새벽길

놀이터 벤치엔 빈 컵라면이 놓여 있다

누군가 밤새 키운 붉은 열매

주인은 발자국도 없이 어디로 갔을까

주먹으로 얼굴을 닦아 내리듯 눈이 온다

목마른 메아리도 함께 온다

빈 기침이 첫눈의 배후로 남은 새벽

서둘러 잠을 깨운 것들이 따로 있다

잘 견디다 갔을까,

구름 속의 고드름처럼

눈을 감았다가 오래 감았다가

여진(餘震)

사내가 울고 있다
울음이 가난하다

구름은 느슨해지고
하늘은 창백해지고
마냥 흘러가지 않는 오후

풀썩 주저앉지도 못하고
엉엉 소리 지르지도 못하고
그저 어깨만 들썩이며
울음을 삼키는 사내

반백의 사내가 지어내는
울음이 물컹, 빛을 내면서

지붕을 만들고
문을 잠그고
사내를 잠그고

오후를 잠그고

사내가 화석처럼 굳어 간다

언젠가 당신이 멀리 부린
언젠가 내가 몰래 데려온
바닥 없는 울음을
누가 알까

다가갈 수도 없고
돌아갈 수도 없어

갈라진 마음 끝이
울음에 닿으면 어쩌나, 싶은데

당신은 아직 모른다
울음이 지나갈 때까지 뒤돌아
숨을 참는 법을

다가오는 것들

빈 새장을 안고
노인이 길을 건넌다

오백 년쯤 산다는 건
어떤 느낌일까

바람의 단단한 모서리들이
새장에 부딪친다

번개처럼 천둥처럼
고개 한 번 들지 않고

제 길을 잇는 걸음
그저 혼자만의 곡예

구름은 녹는 속도를 헤아리고
노인은 바람을 긋고 간다

처음부터 새가 없던 새장

이 별 바깥쯤의 눈보라

봄도 없이 삼월

사람이 사는지
미처 몰랐습니다

무릎보다 낮은 반지하
쪽창에 핀, 손바닥만 한
보행기 신발과
앞코 해진 운동화

봄빛을 모아 출렁이는
두 켤레 꽃을 보고서야
알았습니다

봄도 없이 그 앞을 지나던
수백의 연분홍 맨발들도
한 번씩 발을 넣어 보겠습니다

얼굴 없는 걸음들이 지나칠 때마다
뽀드득뽀드득 햇살 미끄러지는

아이의 잠을 덮겠습니다

봄이 혼자만 오지는 않는 것 같습니다
햇살에 힘줄이 돋습니다

동백

개척 교회 마당에
눈이 내린다

절름발이 목사는 처녀와
야반도주를 했다

낡아 못 쓰는 악기처럼
캄캄하게 패인 발자국들

혼자 남은 사모의 찬송가는
밤새 그치지 않는다

겨울이 가 닿는 그 먼 나라엔
안개도 농담도 없겠다

절뚝절뚝 맨발로 건너온
꽃이, 가지에 앉는다

뜨겁고 부드러워

무를 수도 없는

빈

집

투명해지는 밤

하루 종일 소매 끝 단추가
달랑거렸지 목 늘어난
양말은 대여섯 걸음만
걸어도 길들을 벗겨 내고,
우편함엔 날짜 지난
청첩장이 담겨 있지
주머니 속 오래된
후라보노 껌처럼
외항 선원 모집 전단지가
접혀 있는 밤

날갯짓도 없이 허공에 멈춘 새처럼
약속도 없이 자정에 멈춘 꽃처럼
신들이 잠시 자리를 비운 듯
기도만 붉었지

팔월

일흔의 노인이 마흔의 아들을 밀고 간다 그늘 한 점 먼 팔월의 복판, 앉아 있는 아들의 텅 빈 눈빛은 발끝만을 담는다 제가 지닌 가장 순한 몸짓이다 백발의 노인은 먼 구름을 닮아 있다 아니다 성엣장에 가깝다 녹슨 박차와 고삐 없이도 팔차선 대로를 건너는 늙은 父子의 눈망울이 뿔 달린 짐승의 그것처럼 닮아 있다

금을 잘못 밟은 것처럼 어디로 가야 할지, 노인이 눈을 감는다

팔월 바깥으로 눈이 내린다

5부

봄의 먼 곳

그래도 봄이라고 비닐하우스 꽃집에서 한 분을 데려왔지요 제법 몽우리 올린 꽃들, 설마 하고 창가에 놓았는데 한나절 지나 그새 꽃이 피고 말았답니다

백발의 꽃집 주인 말처럼 꽃세월은 하세월이 아니어서 가지 끝에서 말라 가는 꽃들이 가시처럼 아파 햇볕 바깥으로 옮겨 놓았는데, 하얗게 바랜 꽃을 달고 바닥으로 가지 내린 저 가난에게도 물을 줘야 하는지, 도무지 알 수가 없어 하루 이틀 바라만 보았지요

멀리 내놓지도 못하고, 눈 밖으로 치우지도 못하고 이젠 꽃이 아닌 꽃을 바라보며 마음도 닳아 가고 꽃의 몫인 줄만 알았던 피고 지는 일도 내 일이 되어 버렸는데

어떤 연애처럼 아무한테도 아무한테도 말하지 못하고 화분의 흙처럼 말라 갑니다 내가 가둔 강물 소리 누가 들을까, 무엇에도 닿지 않고 봄이 지나기만 바랍니다

생일 아침

면도를 하다 거울을 봅니다

도금이 벗겨진 메달 같습니다

의류 수거함 앞에 떨어진 속옷이나

멍이 달짝지근한 복숭아 낙과나

한겨울에 쫓겨난 아이의 맨발 같기도 합니다

아직 한참을 늙어야 할 얼굴입니다

어떤 표정이 오늘을 길러 왔을까요

아침은 처음부터 아침이었을까요

이월

신작 시 청탁을 했습니다
가타부타 답이 없이 그는 점심이나 하자 했습니다

아직 꽃이 오지 않아 바람이 찼습니다

그는 냄비 속의 조린 무를 찾아 고봉밥 위에 올려 주며
시는 나중에 줄 수 있겠다, 했습니다
대학생이 되는 막내딸 이야기와 새로 배우는 동시 이야
기도 했습니다

며칠 지나 출가 소식을 들었습니다

툭, 툭, 돌멩이를 차며 걷던 뒷모습이 떠올랐습니다
봄이 지나도 이월이 가지 않았습니다

누가 부르는 것처럼

골목길을 영구차가 막고 있었어
아침부터 죽음을 제친다는 것이 내키지 않아
딴전을 부리듯 슬금슬금 따라갔지
눈먼 강처럼 따라갔지

비상등을 깜박이며 11월의 흉곽을 가로질러
어느 하늘에서 소용할 양식을 나르는지
영구차는 서두르지 않았어

놀이터와 화원을 지나
목이 잠긴 발소리들
서리에 그을린 발자국들
눈을 반만 뜬 채로 깨어났지

꽃도 없는 제 그늘을 뒤져
구름 한 장 건네는
사과나무 한 그루도 보았어

그렇게 누가 부르는 것처럼
하루 내 따라다녔지
참, 순하게

몬순(monsoon)

주인은 어딜 가고 허공에
심장만 내걸었을까요

담벼락에 달린 붉은 발자국
나달나달 일렁이는 햇살

새끼 잃은 어미의 젖가슴 같은 열매들
붉은 잇몸을 드러낸 둥그런 눈물들

사내가 시인이라고 했던가요

그늘 속에 곰곰이 몸 구부린 어머니가
한 장 한 장 낙과의 그늘을 헤아리는 심사

바람의 몫처럼 썩어 가는 살점의 단내
온몸의 뼈마디에 스민 얼룩

다리도 전다고 했던가요

저편에 꽃을 놓고 이편에 몸을 부린
무화과처럼 시퍼렇게 녹슨 누나의 방

괜찮니
괜찮아

비구름은 떠났지만
웅덩이처럼 고인 기척들

기다리는 일도 없이
여름이 서둘러 가는 까닭입니다

어쩌면 그런 일이

정류장 저편 어두운 입성의 소년이 날카로운 위협을 날렸다 잿빛 눈매에 찔리고서야 깨달을 수 있었다 심장 가까이 훑고 지나던 고요하고 격렬한 허기의 연유를

네가 어쩔 건데

부스러질 것 같은 눈매의 오목한 적의 혹은 맹목의 분노, 소년이 긋고 간 안주머니에 물기 없는 정오가 고여 들었다 아무것도 없고 아무것도 비치지 않는 구멍, 검은 모자 속에서 나온 토끼의 빨간 눈처럼 꽃이 피었다 누군가 벗어 놓은 속옷 같던 마음에 평화가 왔다

네가 어쩔 건데

창 너머의 속수무책, 하루는 정오에서 멈춰 나아가지 않고 베어 낸 왼쪽 가슴에서 허기가 바스락거렸다 삶에 겸손해지는 일은 쉬웠다 물수제비를 뜨는 날렵한 손목 스냅처럼

가만,

저 끝에서 요구르트 아줌마가 걸어온다 엘리베이터에 먼저 오른 나는 '열림' 버튼을 누르며 잠시 기다리는데

지금 엄마 일하고 있으니까 전화하지 마

야위고 딱딱한 목소리 타박타박 타들어 가고 솔기 타진 비밀을 엿본 것처럼 뜨거워 서둘러 '닫힘' 버튼을 누른다

여름휴가로 텅 빈 한낮, 아이 몸통만 한 가방을 매고 뒤뚱거릴 엄마나 종일 혼자 남아 엄마만 기다릴 아이가 떠올라

올라갈 층을 차마 누르지 못하고 망설이는데, 발자국 소리가 들리지 않는다

가만,
아이의 얼굴을 알 것도 같다

자정의 알리바이

누가 놓고 갔을까

불도 꺼졌는데
지우지 못한
화분 하나

울음을 삼켰는지
가지 끝이 갈라진
열두 겹의 물음표

달랑, 둘만 남겨진 종점 차고지에서
종일 벗겨지던 양말을 벗어 버린다

꽃망울처럼
닳고 닳은 뒤꿈치

그새 어딜 다녀왔는지
누가, 우리만 불러 깨웠는지

외롭지도 않고
가난하지도 않아
시인이 아니어도 좋겠다,고 생각했다

눈이 막 쌓이기 시작한 저수지를 바라보다가
옆자리에 놓인 화분을 바라보다가
꼼짝도 못하는

꽃의 자리

딸아이와 함께 봉숭아물을 들인다
남자가 주책이라며 아이 엄마는 핀잔을 주지만
마흔 넘은 남자가, 꽃이 되고픈 마음이
따로 있을까

짓이겨진 꽃들이 가지마다
낱낱의 불꽃을 매다는 동안
발길 지워진 모퉁이에서
환하고 착하게 지켰던 이름과 생각이 깨어나
밤새 흔드는 소요

천둥 치듯 내리던 봄눈이
폭풍같이 질주하던 유성이
일가붙이 같던 바람과 불꽃이
마흔에 스민다

들여다보고 머물고 싶어도
여전히 저편인 자리를 바라보며

꽃잎 한 장 얹는 일이
차마, 벼랑일까

받아 내지 못한 생의 부분을 오려
마흔은 나비처럼 밤새 가벼워진다

구름의 약점

아버지 집엘 다녀왔지

지붕도 마당도 없는 집 한 채 지어 놓고

붉은 기운의 식기를 닦고

녹슨 거울 속에 내리는 빗줄기들을 헤아리며

기다리는 마음도 없이 그저 바라보며

돌아갈 날 손꼽아 세는 모습, 훔쳐보다

발등에 똑, 떨어지는 빗방울에 찔려

그만, 아버지 놓치고

아버지 지우고

혼자 돌아왔지

불타 버린 구름처럼

끝없이 쫓겨

먼 별자리를 잇듯

혼자서 돌아왔지

아무도 모르게, 모르게

배웅

트럭 한 대가 골목을 막고 있습니다
무릎 접힌 자전거와 빈 화분이
국경의 장벽을 넘는 북소리처럼
덮개 밖으로 나와 있습니다

비가 내리는 오후인데
서쪽으로만 가로지르는 걸음인데
발자국마다 물집이 터져도
다 쓴 치약 껍데기 같은 비명은
없습니다

단골집도 없어
수척한 속사정 전하지도 못하고
그저 빗줄기만 거세져 갑니다

아이를 무릎에 안고 조수석에 앉아 있는
여자의 얼굴은 보이지 않습니다

한참을 머뭇거리다, 골목을 돌아 나오는데
꽃이 따라 핍니다
새 구두에 물린 뒤꿈치처럼 꽃이 붉습니다

커브(curve)식 고독 혹은 사랑

최현식(문학평론가·인하대학교 교수)

김병호 시인은 현재 이별과 사랑의 고독에 골몰 중입니다. "앓다 나온 아이처럼 꽃들이 졌"고, "저녁 비는 먼 데서 오려다 말고/사랑도 태연히 늙었다"(「사랑의 소멸」, 『밤새 이상李箱을 읽다』)라고 중얼거리던 때보다 더욱 외롭고 슬퍼 보이니 큰일입니다. 그래서일까요? 제3시집 『백핸드 발리』에서는 '커브(curve)'와 '백핸드 발리(backhand volley)'라는 스포츠 용어, 바꿔 말해 '기술', 즉 '테크네(techné)'가 먼저 눈에 들어옵니다. 하지만 우리는 주의해야 합니다, 두 '테크네'가 상대방을 제압하거나 이기기 위한 능수능란한 재주만을 뜻하지 않는다는 것을요. 그보다는 '아르스(ars)', 곧 예술의 목적에 해당하는 정신적·본질적 가치를 추구하기 위한 방법과 형식으로 이해되어야 마땅합니다. '백핸드'는 '포핸드'에 비해, '커브'는 '직구'에 비해 기술적 훈련이 더욱 필요하고, 상대방의 심리나 상태를 훨씬 자세히 파악해야만 충분한 효과를 거둘 수 있지요. 사랑과 이별, 고독과 견딤의 정서나 감각 못지않게 그것들을 대하고 그것들과 이야기하는 자세와 태도, 방법이 『백핸드 발리』에서 유난히 자주 언급되는 까닭도, 또 비평가가 시인의 고백을 "커브 (curve)식 고독 혹은 사랑"으로 읽는 이유도 그 효과를 감안한 선택일 것입니다.

하늘에도 커브(curve)가 있어 별자리나 구름이 급히 기우는 자리가 있습니다

당신이 봄을 앓고 망명을 오래 생각하는 동안 오후는 다만, 다정한 거짓말에 몰두하는 자세입니다

섭섭지 않은 궁리와 아무렇지도 않은 수작으로 마음속에 마음을 잠급니다

이제, 당신 없이도 고독을 매수하는 방법을 알고 있습니다

짧은 치마의 백핸드 발리처럼 훌쩍, 넘어오는 명랑한 이별을 기억하고 있습니다

덜거덕거리는 울음을 들여다보면 그제야 꽃이 지는 기적

이 있습니다

―「커브(Curve)」 부분

　자아는 '커브'를 통해 "당신 없이도 고독을 매수하는 방법"을 배웠으며, '백핸드 발리'를 통해 "명랑한 이별을 기억"하는 자세를 익혔습니다. 그런데 어딘가 이상하지요? 고독과 이별의 눈물을 들여다보면 "그제야 꽃이 지는 기적"이 일어나니 말입니다. 보통이라면 꽃이 지면서 고독과 이별의 정리(情理)가 발생하는 것이 자연스러운 수순이지요. 이때 유의할 사항은 이런 시간과 감정의 역전(逆轉)이 고독과 이별, 꽃짐의 설움을 강화하기 위한 수사적 장치가 아니라는 사실입니다. 오히려 그것들의 감정적 폐색이 가져올 위험에 맞서는 새로운 '별자리'와 '구름', 바꿔 말해 "봄빛을 모아 출렁이는/두 켤레 꽃을"(「봄도 없이 삼월」) 호출하고 방창(方暢)하기 위한 주요 원리의 하나라지요. 비유하건대 과거에서 현재에 이르는 타나토스의 슬픔을 미래발(發) 에로스의 명랑으로 형질 전환하기 위한 감정의 복화술이자 변검술의 일종인 것입니다. 여기 내포된 '아르스'와 '테크네'를 결속하는 구절이 "섭섭하지 않은 궁리와 아무렇지도 않은 수작으로 마음속에 마음을 잠"그는 일이 아닐까 합니다.

　먼 산 뒤로만 떨어지던 별똥별처럼 아찔한
　사랑의 방식과

들판 한복판에 멈춰 버린 두 량짜리 기차처럼 막다른
이별의 자세를

그늘 아래에 의자 하나 가져다 놓고서
낮달이 질 때까지 꽃이 놓일 자리의 기색과
빈 가지에 걸린 구름의 양을 재어 본
당신이라면 알 수 있을까

그새 슬픔도 나의 슬픔이 아니고
아직 찬란도 나의 찬란이 아닌
그저 지워진 첫 줄 같은 눈동자를

이른 봄날 오후 한꺼번에 밀려왔던 모든 것을
                                    −「참 다른 일」 부분

'커브'와 '백핸드'식 '나'의 사랑은 이별과 고독을 넘어서
무언가 "참 다른 일"에 다가서기 위해 자아의 감정 투사나
방출에 결코 성급하지 않습니다. 스스로의 '사랑의 방식'과
'이별의 자세'에 대해서조차 "당신이라면 알 수 있을까"라
는 타자 지향의 물음으로 다가서는 일에 오히려 익숙합니
다. 이와 같은 '당신'에의 기댐과 물음은 "나의 슬픔"과 "나
의 찬란", 그리고 그것을 넘어서는 "그저 지워진 첫 줄 같은
눈동자" 모두가 당신과의 사랑 그리고 이별 아래서 구성·기

억·현현되는 것이기 때문일 것입니다.

당신의 절대성과 포괄성은 과수원의 사과를 일러 "우주의 낱장이면서/당신의 풍속을 흉내 낸/눈,이면서 얼룩인/붉은 구멍"이라는 비유에 잘 드러납니다. '나'는 당신에 대한 그리움과 이별의 정한을 견디고 잊기 위해 "기침 같은 변명을 파고/과녁 같은 권태를 파고/당신을 묻"지만, 당신의 매장은 결국 "검붉게 썩어 향이 짙어지고/나도 지워지"(「애플피킹Apple picking」)는 것으로 귀결되고 맙니다. 그러므로 소멸과 죽음의 "재와 안개"로 들어찬 "당신의 집"이, 또 거기로 나포된 '나'의 집이 "굶주린 자의 연주거나 눈먼 자의 노래"가 차갑게 잉잉거리는 "그냥 앓을 수밖에 없는 마른 연못"(「아무의 집」)으로 황폐화되는 것은 필연의 사태입니다.

『백핸드 발리』의 계절과 기후는 곧잘 겨울과 눈으로 자꾸만 편철(編綴)되는데, 이런 상황은 굶주리고 눈먼 '당신'과 '나'의 추락 및 동결을 일상화하는 징후적 조짐이라 할 만합니다. 여기저기 스쳐 지나가듯이 펼쳐 보아도 겨울의 눈발은 그칠 줄 모르는 상황이니, 이를 어쩐단 말입니까? 이를테면,

  1) 겨울이 당도하기도 전에 나는 눈사람이 되어 있습니다
                                                    (「당신의 11월」)

127

2) 낮에 혼자서 만든/눈사람의 얼굴은/뭉개져 있습니다

『눈 녹는 밤에』

3) 함박눈 몇 장이 얼굴을 들이민다/도무지 닿지 않는다

『백야』

등에서 보듯이, '내리는 눈발'은 "운명들이 모두 다 안끼어 드는 소리……"로 드높아졌던 서정주의 그것과 달리, 서둘러 존재와 사랑을 지우는 폭력적 기적을 천연덕스럽게 수행 중입니다. 희미해져 가는 발자국으로라도 '나'와 '당신'의 사랑과 그리움을 서로 연결하고 껴안기는커녕 타자를 얼리고, 그 모습을 지우며, 또 멀리 달아나는 눈발. 이 모습을 연인들의 일로 치환한다면, "기차는 오지 않고/자정은 멀어지고/세상의 이별도, 그만/시시해지고 말았다"(『플랫폼』)라는 불우의 장면으로 바꿀 수 있을 것입니다. 이것은 '당신'과 '나'를 하나로 연결하고 묶는 시공간과 감정을 텅 빈 공백 지대로 몰아세운다는 점에서 누군가의 비유를 빌린다면 '백색의 계엄령'에 방불한 사태가 아닐 수 없습니다.

사정이 이렇다면, 자아의 핵심 임무는 시시해진 당신과의 사랑=이별을 저 눈 속을 뚫는 광막한 철로에 올려 태워 함부로 지울 수 없는 너와 나의 흔적을 새기는 일이겠습니다. 과연 시인은 미학적 '커브'와 '백핸드 발리'를 "사랑의 틈새와/생의 간격과/고독의 편차"(『슬래브 지붕 위의 구름』)를

128

표상함과 동시에 내면화하는 운동으로 전유하고 있습니다. 한데 어쩌지요? 틈새와 간격, 편차는 일치보다는 차이를, 통합보다는 균열을 나타내는 말들인지라 자칫 부정적 대상으로 오인될 수도 있으니까요.

하지만 그런 약간의 거리감과 고립감이야말로 '나'와 '너'의 내면과 육체를 서로 바꿔 안으며 내어 줄 수 있는 타자 지향의 열린 감응(感應)일지도 모릅니다. 왜냐하면 거기서는 서로의 냉정과 열정을 오가는 상호 응시와 통합이 가능해지며, 오히려 이별을 내포했기에 더욱 애절한 사랑의 감정이 다시 울울해질 테니까요. 이것을 당신과 나 사이의 에로스로 감각화한다면, "첫눈을 온몸에 새겨 눈물을 가리는, 당신"과 "빈 가지에 별자리를 묶고 싶은, 나"의 키스, 그 결과로서 "내 것도 아니고 당신 것도 아닌/심장이 다 부르트"(「첫눈」)는 일회적 사건으로 나타날 듯합니다.

그래도 봄이라고 비닐하우스 꽃집에서 한 분을 데려왔지요 제법 몽우리 올린 꽃들, 설마 하고 창가에 놓았는데 한나절 지나 그새 꽃이 피고 말았답니다

백발의 꽃집 주인 말처럼 꽃세월은 하세월이 아니어서 가지 끝에서 말라 가는 꽃들이 가시처럼 아파 햇볕 바깥으로 옮겨 놓았는데, 하얗게 바랜 꽃을 달고 바닥으로 가지 내린 저 가난에게도 물을 줘야 하는지, 도무지 알 수가 없어 하루

이틀 바라만 보았지요

　멀리 내놓지도 못하고, 눈 밖으로 치우지도 못하고 이젠
꽃이 아닌 꽃을 바라보며 마음도 닳아 가고 꽃의 몫인 줄만
알았던 피고 지는 일도 내 일이 되어 버렸는데

　어떤 연애처럼 아무한테도 아무한테도 말하지 못하고 화
분의 흙처럼 말라 갑니다 내가 가둔 강물 소리 누가 들을까,
무엇에도 닿지 않고 봄이 지나기만 바랍니다
—「봄의 먼 곳」 전문

　'춘래불사춘'의 아이러니에 한 치도 어긋나지 않는 서글
픈 장면입니다. 자연 원리에 순응하는 봄꽃은 어김없이 피
어났습니다만, 그것을 바라보는 자아의 내면은 "피고 지는
일도 내 일이 되어 버렸"음에도 바싹 마른 침묵과 "화분의
흙"과도 같은 연정(연애)으로 더욱 앙상해지고 있을 따름입
니다. 그것이 부끄러워 생명의 물소리, 바꿔 말해 잉잉거리
는 핏소리를 아예 은폐시키는 타나토스에 휩싸인 사랑 가
운데서 눈물범벅의 당신을 향한 나의 키스가 어떻게 가능
할 것이며, 그 메마른 입술에서 당신과 나를 올리면서 끝내
는 만인의 가슴에서 고동치는 심장이 어떻게 꽃이 피겠습
니까.
　이 한계를 극복하기 위해 누군가는 젊은 청춘의 열정과

용기에 탐닉할 것이고, 또 누군가는 화안한 에로스의 면면을 점점이 짚어 낼 것입니다. 하지만 이것은 삶과 죽음, 젊음과 늙음을 서로의 반대편으로 몰아가는 무정한 별리(別離)의 초래이자 실천일 수 있다는 점에서 선뜻 동의하기 어려운 정동(affect)의 몸짓이자 그 발현에 가깝습니다.

> 잎도 꽃도 없이 달이나 키우는 나무
> 나는, 서둘러 늙고 어진 나무가 되어야겠다
>
> 가장 먼저 닿은 빗방울이
> 지붕에 스미는 속도를 기억하고
>
> 함박눈에 가장 먼저 가닿은
> 창백한 마음을 잊지 않아야겠다
>
> —「슬래브 지붕 위의 구름」부분

그 때문일까요? 자아는 차이와 파괴의 에로스에 맞서, 생명과 절정의 표지를 이미 떨궈 버린 "늙고 어진 나무"가 되기를 최후의 생명선으로 호명하기에 이릅니다. 이 자아의 나무는 표면상으로 한편으로는 타나토스로의 천천한 다가섬을, 다른 한편으로는 자아의 완미한 성숙과 완성을 동시에 현현하는 이중적 물상(物象)으로 비칩니다. 둘을 하나의 형식과 내용으로 묶는다면, 존재의 성숙과 완성으로서 죽음에의 투기(投企) 정도로 정리될 수 있겠지요. 하지만 눈썰미가 있는 독자라면, 자아의 나무는 방금처럼 스스로를 내재화하기보다는 "지붕"과 "창백한 마음"으로 비유된 타자의 상황과 심성에 스며들어 그것을 당신과 나 상호 보존의 원리로 조직하는 일에 훨씬 가까이 서 있음에 벌써 감응했을 것입니다. 이를테면 이런 장면입니다.

세상 이전의 바람이 되어 버린 당신의
휘파람

더는 기다릴 게 없는 사람의
뒷모습

눈송이 하나가 눈꺼풀에
앉는다

우주에 딱 하나 남은,
숨통이다

—「너무 어리거나 너무 늙은」 부분

"늙고 어진"이 어느새 "너무 어리거나 너무 늙은"으로 변환되었군요. 앞의 "서둘러"가 이곳의 "너무"로 전환되어 변화의 상황과 속도를 규정하고 있는 셈인데요. 그렇다고 "너무"가 과잉의 상태를 지시하는 것으로 해석할 필요는 없을 듯합니다. 왜냐하면 '당신'은 '이전'과 '이후'의 완미한 존재가 됨으로써 물리적인 시공간을 아예 초월한 형상이기 때문입니다. 그 결과, 세계의 한 표상으로서 차가운 "눈송이"는 우주 유일의 뜨거운 "숨통"으로 몸 바꿔 타나토스의 동토를 온통 에로스의 열도로 뒤바꿔 버리고 있다고 할까요? 이런 의미에서 "너무 어리거나"는 존재와 삶의 이전을, "너무 늙은"은 그 이후를 가리키는 지시어로 이해되어도 무방합니다.

『백핸드 발리』에는 가족 이야기와 더불어 노인과 장애인의 삶을 다룬 시편들이 적잖습니다. 이른바 '정상'이라는 관점에서 발설한다면, 저들은 무언가에 미달이거나 과잉인 존재들이겠죠. 하지만 '무언가'라는 기준과 가치는 '무언가'에 포박되거나 거기에 집착하는, 따라서 '비정상'의 입장에서 보자면 또 다른 '비정상'인 존재들의 주관적 판단에 입각한 것일 따름입니다.

그렇다면 "너무 어리거나 너무 늙은"에서 그랬듯이, '미달'과 '과잉'의 저편에서 소수자와 약자로 대변되는 하위 주체들이 포기하거나 양보할 수 없는 "우주에 딱 하나 남은,/숨통"을 탐색하고 점치는 작업이 더욱 중요해집니다. 그 비유체로서 "이목구비 없이 눈물만 가득한 새"들은 그러나 "제 몸을 난간처럼 세우고 허공과 내통"할 줄 아는 그것들만의 '체위'('그늘의 일」)를 가졌고 또 살 줄 안다는 점에서 오히려 진정한 강자이자 정상의 존재들이지요. 마치 '커브'와 '백핸드 발리'가 볼의 궤적이 더욱 휘어지고 팔의 뻗침이 더욱 강직하여서 '직구'와 '포핸드 발리'를 보완하는 데 그치지 않고 오히려 넘어서는 경우도 수다(數多)한 것처럼 말입니다.

> 동백 한 송이
> 여자 머리 위로
> 쿵, 떨어진다
>
> 성긴 그늘 어느 갈피에서 나온 천둥
> 콩닥대는 심장 소리를
> 남자가 얼른 안는다
>
> 아이처럼 맑게
> 눈이 떠지던 그 새벽
> 잠든 식구의 얼굴을 한참
> 내려다보던 일처럼
> 봄을 지난다
>
> ―「아무의 동백」 부분

사정은 이렇습니다. "장님 둘이 길을 걷는" 봄날이군요. 그들의 불우는 봄은 언제나 "마지막 봄인 양/두 손을 꼬옥 잡고" 피해 가야 할 무엇으로 밀어내는 일을 오히려 자연 스럽게 해 왔다고나 할까요? 그러다 보니 "동백 한 송이"가 문득 그 아래를 지나가는 여자의 머리 위로 떨어지는 것은 공포와 경악의 사건일 수밖에 없습니다. 그 풍경을 동백의 '쿵'과 심장의 '콩닥'으로 감각화한 것일 텐데, 하지만 상반 된 위치의 '동백 – 쿵'과 '심장 – 콩닥'이 생산하는 효과는 전 혀 뜻밖의 것입니다.

사실을 말한다면, 눈먼 그들에게 "꽃길"은, 또 "봄"은 더 듬어 냄새 맡거나 찾아갈, 아니면 그게 싫어 아예 귀와 코, 손발 다 거두어들이는 대상 이전의 것이자 이후의 것입니 다. 일출과 월출은, 사계의 흐름은, 그것을 휘돌아 온 삶과 죽음은 지식과 기억의 저편, 곧 생리와 신성의 영역에 귀속 되는 것들입니다. '천둥'과 '심장 소리', '아이'와 '부모'의 관 계와 내리사랑이 '동백'과 '봄'의 일회적 사건으로 등장하는 것도 이 때문이지요. 그런 점에서 "돌아보니, 장님 부부는 보이지 않고/꽃나무에서 달콤한 탄내가 난다"라는 표현은 봄날의 사실적 적시인 동시에 그것을 한껏 숭고화한 봄날 의 피할 수 없는 성화(聖化)이기도 합니다.

1) 일흔의 노인이 마흔의 아들을 밀고 간다 그늘 한 점 먼 팔월의 복판, 앉아 있는 아들의 텅 빈 눈빛은 발끝만을 담는 다 제가 지닌 가장 순한 몸짓이다 백발의 노인은 먼 구름을 닮아 있다 아니다 성엣장에 가깝다 녹슨 박차와 고삐 없이도

팔차선 대로를 건너는 늙은 父子의 눈망울이 뿔 달린 짐승의
그것처럼 닮아 있다

—「팔월」 부분

2) 봄이 한창인데 누가 이끌었는지 누가 내밀었는지 아이
는 울음도 없이 노을처럼 스밉니다 엄마를 묻고 오는 길이라
고도 하고 엄마를 따라가는 길이라고도 합니다 가장 말랑한
울음을 깃발처럼 오래 흔들고 싶었나 봅니다 처음부터 오지
않았던 사람처럼 저들이 부리고 간 저 평화를 이제는 누가
부려야 하는지, 나는 알지 못합니다

—「오지 않는 술래처럼」 부분

두 시의 "아들의 텅 빈 눈빛"과 "술래"의 기다림은 그 모
습이 "장님 부부"의 불우에 비견될 만하지요. 일흔 노인이
마흔 아들을 돌보고 어린아이가 엄마를 묻고 오는 장면은
친밀감으로 충만해야 할 가족의 균열과 해체를 암시하는
"숭숭하고 팽팽한 울음"(「봄의 미로」)의 기원입니다. 이를 염
두에 두면, 두 시편을 너무 사랑하여, 또 너무 애틋하여 다
부르튼 '장님 부부'의 '심장' 곁에 놓아두는 것은 어색하다
못해 잔인할 짓일 수 있겠습니다.

그러나 걱정 마시길. 저 불우한 가족을 향한 연민과 애통
의 심정은 '인지상정'의 가장 단단한 기초이자 자연스러운
발로일 수밖에 없으니까요. 아, 눈치채셨다고요? 그렇습니

다, 저들의 불우 밑에 숨죽인, 그러나 아들을 밀고 또 엄마를 묻는 사랑의 지극함과 천륜의 가없음을 더욱 풍요롭고 날카롭게 하고 싶다는 것, 나의 욕심이지만 김병호 시인의 따스하고 서늘한 시심(詩心)이기도 합니다.

　　강물이 닳아
　　하늘에 닿을 즈음
　　당신에게 닿겠습니다

　　어둠 속에서
　　꽃망울을 찾듯 입술이
　　먼저 닿겠습니다

　　가쁜 숨이 벌써
　　반짝이며 천지사방으로
　　흩날립니다

—「입술 닿듯 꽃 피듯」부분

　당신으로 인한 고독과 그리움이 마침내 가닿을 온유한 사랑의 형상으로 불러 모자람 없는 풍경입니다. 이것을 반죽하고 육화한 내면의 힘은 세계를 향한 통합적 서정의 산물일 듯합니다. 그러나 그것은 뜻밖에도 "응달의 눈 자리"(「숨을 곳도 없이」)와 "가지마다 얹어 놓은/녹슨 태엽들"의 소란한 밤, "몇천 개의 유성들"과 "첩첩의 당신"의 충돌에서 연유한 것입니다.

그렇다면 어떻게 차갑고 소란한 세계의 와중에서도 강물과 하늘과 꽃망울과 입술이 서로에게 먼저 가닿는 에로스의 지평이 개진될 수 있었을까요? 비밀은 단 하나, 곧 '돛을 지운 배보다 참 많은 숨구멍을'(「입술 닿듯 꽃 피듯」) 지닌 '봄'을 먼저 느끼고 빨리 전달할 줄 아는 '심장'(=사랑)을 때로는 '쿵' 하고, 때로는 '콩닥' 하고 울리는 데 바지런했기 때문입니다.

평론가는 「팔월」과 「오지 않는 술래처럼」의 불행과 고통이 '쿵'과 '콩닥'의 심장을 한 차례, 아니 앞으로도 계속 휘돌아 나갈 것이기 때문에, 마침내 그 아픔들은 다음과 같은 풍경의 마지막 주인이 될 것으로 믿습니다. "한참을 머뭇거리다, 골목을 돌아 나오는데/꽃이 따라 핍니다/새 구두에 물린 뒤꿈치처럼 꽃이 붉습니다"(「배웅」). 직선의 속력과 타점을 향해 한참 머뭇거리다 곡선의 '커브'와 밀어 치기의 '백핸드'가 스스로의 길을 찾기 시작했음을 우리는 압니다.

어쩌면 이후에는 그 길의 저쪽에서 "순한 짐승의 뼈로 만든 피리/같은 울음이 밤을 흔"드는 광경을 자주 보게 될지도 모릅니다. 그것은 김병호 시인이 "아직 내게로 오지 못한 것들이 남았을까"(「아무의 잠깐」) 하여 울리는 궁리의 음악이니, 다가서되 방해 말고 가만히 함께 들어보며 같이 울음 우는 것이 우리들의 마땅한 자세일 것입니다. 당신은

『백핸드 발리』로 그 울음의 첫 소절을 벌써 가로지르고 있는 중입니다.

시인수첩 시인선 003
백핸드 발리

ⓒ 김병호, 2017

초판 1쇄 발행 2017년 6월 30일
초판 2쇄 발행 2019년 12월 24일

지은이 | 김병호
발행인 | 강봉자·김은경

펴낸곳 | (주)문학수첩
주　소 | 경기도 파주시 문발로 214-12(문발동 511-2) 출판문화단지
전　화 | 031-955-4445(대표번호), 4500(편집부)
팩　스 | 031-955-4455
등　록 | 1991년 11월 27일 제16-482호

홈페이지 | www.moonhak.co.kr
블로그 | blog.naver.com/moonhak91
이메일 | moonhak@moonhak.co.kr

ISBN 978-89-8392-655-5　03810

「이 도서의 국립중앙도서관 출판예정도서목록(CIP)은 서지정보유통지원시스템
홈페이지(http://seoji.nl.go.kr)와 국가자료공동목록시스템(http://www.nl.go.kr/
kolisnet)에서 이용하실 수 있습니다.(CIP제어번호: CIP2017013485)」